I0686728

LES NOUVEAUX
FRAGMENTS,
BALLET,
MIS AU THEÂTRE
PAR L'ACADEMIE ROYALE
DE MUSIQUE;

Le Mardy dix-neuviéme jour de Juillet 1729.

DE L'IMPRIMERIE
De JEAN-BAPTISTE-CHRISTOPHE BALLARD
Seul Imprimeur du Roy, & de l'Academie Royale de Musique.

M. DCCXXIX.

AVEC PRIVILEGE DU ROY.
LE PRIX EST DE XXX. SOLS.

PROLOGUE.

CE BALLET

EST COMPOSE'

DU PROLOGUE Des Amours de Mars & de Venus.

DES ENTRE'ES De la Feste Marine,

De la Paftorale,

Et des Serenades & Joüeurs.

Le tout, de la Compofition de Meffieurs DANCHET & CAMPRA.

PERSONNAGES
CHANTANTS
DU PROLOGUE;

HEBE', *Déeſſe de la Jeuneſſe,* Mlle. Jullye.

*Une Suivante d'*HEBE', Mlle. Petitpas.

LA VICTOIRE, Mlle. Antier-C.

*Suite d'*HEBE'.

ACTEVRS ET ACTRICES
des Chœurs du Prologue & du Ballet.

CÔTE' DU ROY.		CÔTE' DE LA REINE.	
Meſdemoiſelles	*Meſſieurs*	*Meſdemoiſelles*	*Meſſieurs*
Souris-L.	Dun pere.	Antier-C.	Le Myre.
Julie.	Bremond.	La Roche.	Morand.
Dun.	Flamand.	Tettelette.	S. Martin.
Souris-C.	Perſon.	Charlard.	Bertin.
Dutilly.	Deshais.	Petitpas.	Rebours.
De Kerkoffen.	Buſeau.	Cartou.	Dautrep.
	Dupleſſis.		Corail.
	Dubrieul.		Ducheſne.
	Combeau.		Houbeau.
			Leroy.

A ij

PERSONNAGES DANSANTS
du Prologue;

LA JEUNESSE;

Mademoiselle Sallé.

TROUPE DE JEUNES BERGERS
ET DE JEUNES BERGERES,

Messieurs Malter-L., Hamoche, Dangeville, P-Dumoulin, Savar.

Mesdemoiselles Binet, Lamartiniere, Duroché, Petit, Thibert.

PROLOGUE.

Le Theâtre repréfente le Palais d'H E B E' : Cette
Déeffe y paroît fur un Trône de Fleurs,
environnée de fa Cour.

SCENE PREMIERE.

H E B E' , & fa Suite.

C H OE U R.

Regnez, aimable Hebé, joüiffez de la gloire
De tenir fous vos loix la plus brillante Cour :
Les Jeux fuivent vos pas; fans vous, le tendre Amour
N'eft jamais feur de fa victoire :

Regnez, &c.

PROLOGUE.

Une Suivante d'HEBE'.

De ce séjour heureux la tristesse est bannie,
Elle n'y vient jamais répandre son poison :
Le devoir n'y fait point sentir sa tirannie,
Le penchant du plaisir y tient lieu de raison.
Mortels, songez quel est le cours de vôtre vie,
Et passez avec nous vôtre jeune saison.

La Cour d'HEBE' forme des danses autour d'elle.

La Suivante d'HEBE'.

Venez, riante Jeunesse,
Livrez-vous à vos desirs,
Laissez la sombre Vieillesse
Murmurer de vos plaisirs :

Non, ce n'est point par sagesse,
Qu'elle blâme les amours,
C'est par la seule tristesse
De n'voir plus de beaux jours :

Venez, riante Jeunesse,
Livrez-vous à vos desirs,
Laissez la sombre Vieillesse
Murmurer de vos plaisirs.

HEBE' descend de son Trône.

HEBE'.

Par les cruels efforts d'une guerre sanglante,
Du séjour des Humains les Amours exilez,
Dans cette retraite charmante,
Se sont par mes soins rassemblez.

On entend un bruit de guerre.

Mais, que m'annoncent ces Trompettes ?
La Victoire descend dans ces belles retraites.

SCENE DEUXIE'ME.

LA VICTOIRE, HEBE', & sa Suite.

LA VICTOIRE.

H Ebé, par l'espoir des plaisirs,
Consolons les Mortels & flattons leurs desirs.

Je finiray bien-tost les troubles de la Terre,
J'avois favorisé la jalouse fureur
Des Peuples obstinez à prolonger la guerre ;
Mais, j'ay reconnu mon erreur.

D'un Roy qui sçût toûjours user de la victoire,
Je viens de seconder les éclatants projets :
Sous ses drapeaux je rameine la Gloire ;
C'est à tout l'Univers, faire esperer la Paix.

HEBE'.

Bergers , reprenez vos Musettes ,
Chantez les plaisirs amoureux ;
Bannissez vos craintes secretes ,
La Paix va combler tous vos vœux :

Preparez de nouvelles fêtes ,
Et par les sons les plus flateurs ,
Celebrez les tendres conquêtes ,
Qu'Amour va faire sur les cœurs.

On danse.

CHOEUR.

Regnez , aimable Hebé , joüissez de la gloire
De tenir sous vos loix la plus brillante Cour :

Les Jeux suivent vos pas ; sans vous, le tendre Amour
N'est jamais seur de sa victoire.

Regnez , aimable Hebé , joüissez de la gloire
De tenir sous vos loix la plus brillante Cour.

FIN DU PROLOGUE.

FESTE MARINE.

━━━━━━━━━━━━━━━━━━━━━━━━━━━━━━━

PERSONNAGES CHANTANTS;

ASTOLPHE, *Venitien*, Monſieur Dun.

CEPHISE, *Venitienne*, Mlle. Jullye.

DORANTE, *Amant de* CEPHISE;
déguiſé en Matelot. Monſieur Dumaſt.

DORIS, *Suivante de* CEPHISE, Mlle. Antier.

Chœurs de Matelots.

━━━━━━━━━━━━━━━━━━━━━━━━━━━━━━━

PERSONNAGES DANSANTS;

Matelots, *Femmes de Matelots,*
M^r. D-Dumoulin. Mlle. Camargo.

MESSIEURS MESDEMOISELLES

Javilliers, Dumay, Thybert , Petit,
Bontems , Matignon. Duroché, Lamartiniere.

La Scene eſt à Veniſe, ſur les bords de la Mer.

FESTE MARINE.

Le Theâtre repréſente la Mer, couverte de Vaiſſeaux.

SCENE PREMIERE.

ASTOLPHE, CEPHISE, DORIS, UN MATELOT.

ASTOLPHE, à CEPHISE.

Es Jeux vont bien-tôt commencer.
Je ſuis pour un inſtant contraint de vous laiſſer,
Vous pouvez ſur ce bord m'attendre.

au MATELOT.

Sui leurs pas : ſouvien-toi des ſoins que tu dois
prendre.

ASTOLPHE ſort , & le Matelot demeure au fond du
Théatre.

2. A ij

SCENE DEUXIEME.
CEPHISE, DORIS.

CEPHISE.

D'Où vient qu'un Jaloux odieux,
Un Tiran qui toûjours me tient dans la contrainte,
Me permet aujourd'huy de paroître en ces lieux ?
   Non, je ne puis être fans crainte.
Depuis que pour Dorante il a fçû mon amour,
Tu fçais avec quel foin il me dérobe au jour.

DORIS.

Qu'un Jaloux connoît mal l'intereft de fa flâme,
En nous forçant à fuir l'entretien des Amants ?
   Loin de les bannir de nôtre ame,
   Il les rend encor plus charmants.

CEPHISE.

Que prétend le Cruel ? il veut fur ce rivage
   Me faire voir de nouveaux jeux !
Cette feinte bonté me donne de l'ombrage,
Ce que fait un Jaloux eft toûjours dangereux.

DORIS.

   Suivez un confeil falutaire,
   Il a conduit icy nos pas....

CEPHISE.

Quel eft donc ton deffein, & que pouvons-nous faire ?

DORIS.

   Fuyez, ne le revoyez pas.

Sur un de ces Vaisseaux , au gré de la Fortune ,
Evitons d'un Tiran la présence importune :
Des Ondes & des Vents , craignez-vous le couroux ?
Causent-ils plus d'effroy que l'aspect d'un Jaloux ?

Imitons ces Oiseaux que l'on retient en cage ,
L'exemple est doux à suivre , il faut nous y livrer :
    Quand ils sont sortis d'esclavage ,
    Ils se gardent bien d'y rentrer.

CEPHSE.

Dorante , cher Dorante !

DORIS.

        Ah ! j'entens ce langage.

    Le couroux des flots & l'orage
    Ne pouroient vous intimider ,
    Si vôtre Amant dans le voyage
    Prenoit soin de vous guider.

CEPHISE.

Que ne profite-t'il de ce jour favorable ?
    Helas ! pour combler mon malheur ,
Cet Amant que mes yeux ont trouvé trop aimable ,
A quelque Objet moins tendre a t'il donné son cœur ?

    Revien , cher Auteur de mes peines ,
Voi , pour t'avoir aimé , les maux que j'ay soufferts :
    Change la rigueur de mes fers ,
    En de plus agréables chaines.
Mais , que vois-je ?

DORIS.

        C'est luy : sous ce déguisement ,
L'Amour auprès de vous rameine vôtre Amant.

SCENE TROISIE'ME.

DORANTE, CEPHISE, DORIS à l'écart.

DORANTE, déguisé en Matelot.

BElle Cephise, enfin je puis revoir vos charmes,
Sçavez-vous le projet de mon Rival jaloux ?

CEPHISE.

Parlez, expliquez-vous,
Ah ! que vous me causez d'allarmes !

DORANTE.

Tout prend icy mes interests,
Je puis vous informer de ses desseins secrets.

Dans un climat barbare
Sa jalouse fureur veut cacher vos appas,
La pompe des jeux qu'il prépare,
Est pour vous éloigner, & cacher mon trépas.

CEPHISE.

O Ciel !

DORANTE.

Par mon adresse il s'est laissé séduire ;
Sous ce déguisement, j'ay connu son dessein :
C'est moy qu'il a chargé du soin de vous conduire,
Je vais parer le coup qui m'eût percé le sein.

Le tendre Amour nous favorise ;
Pour tromper mon Rival , tout est prest sur ce bord :
En feignant d'ignorer encor son entreprise,
Reposez-vous sur moy du soin de vôtre sort.

CEPHISE.

C'est pour vous seul que je veux vivre,
Vous sçavez l'ardeur de mes feux ;
Mon sort sera toûjours heureux,
Pourvû que je puisse vous suivre.

ENSEMBLE.

Non, rien n'égale nos ardeurs :
Ne rend pas nôtre attente vaine ;
Vole , Amour , viens unir nos cœurs ,
D'une éternelle chaîne.

DORIS, à DORANTE.

Vôtre Rival paroît : Feignez.

DORANTE, à CEPHISE.

Rassurez-vous ,
Je puis tromper ses soins jaloux.

SCENE QUATRIE'ME.

ASTOLPHE, DORANTE, CEPHISE,
DORIS.

DORANTE, à ASTOLPHE.

ON ne vient point encor, je vais presser la feste.

ASTOLPHE, à DORANTE.

Allez, que rien ne vous arrête.

à CEPHISE.

Eh bien ! vous plaindrez-vous que de vos plus beaux
jours,
Une injuste contrainte empoisonne le cours ?
J'ordonne, pour vous plaire, une fête agréable.

CEPHISE.

Je ne puis dans ces lieux en goûter les appas.

DORIS.

Peut-elle nous paroître aimable,
Si vous suivez toûjours nos pas.

ASTOLPHE, à DORIS.

Ah! crain d'irriter ma colere.

à CEPHISE.

C'est vous qui luy donnez cette temerité.

DORIS.

Mon discours peut-il vous déplaire?
Que ne profitez-vous de ma sincerité?

L'Amour

L'Amour eſt un enfant qui ne cherche qu'à rire,
Il n'aime point un ton grondeur:
Un Amant enjoüé l'attire,
Un Amant jaloux luy fait peur.

ASTOLPHE, à CEPHISE.

Blâmez-vous les tranſports dont mon ame eſt ſaiſie?
Je ſçais qu'un Inconnu regne dans vôtre cœur.

CEPHISE.

S'il m'a fait reſſentir une ſecrette ardeur,
Ce n'eſt point par ſa jalouſie.

DORIS.

Faut-il vous étonner
Que ſon ardeur nous touche?
Il ne prétend point nous gêner,
Il eſt plus complaiſant que vous n'êtes farouche.

ASTOLPHE.

Ah ! c'en eſt trop enfin....

CEPHISE.

Devez-vous la blâmer?
Elle vous apprend l'Art qui peut vous faire aimer.

ASTOLPHE.

Ingrate, avec quel ſoin j'élevay vôtre enfance!
De mes bontez pour vous, quelle eſt la recompenſe?

FESTE MARINE.

CEPHISE.

Je ne puis les payer au dépens de mon cœur.

ASTOLPHE.

Je sçais quelle est vôtre rigueur :
C'en est fait : Ingrate, Inhumaine,
C'en en fait : je veux meriter
Cette implacable haine,
Que vous faites trop éclater.

DORIS.

Vous ne vous plaindrez plus qu'elle vous est rebelle :
Vous voulez vous faire haïr ;
Vous avez du pouvoir sur elle :
Elle est.....

ASTOLPHE.

Quoy ! que dis-tu ?

DORIS.

Prête à vous obéir.

ASTOLPHE.

Je me contrains encor, mais un jour ma vengeance

à DORIS.   à CEPHISE.

Punira tes discours, punira vos mépris.

à part.

On vient, faisons-nous violence,
Cachons le dessein que j'ay pris.

SCENE CINQUIE'ME.

ASTOLPHE, DORANTE, CEPHISE, DORIS, Chœurs de Matelots.

DORANTE & les CHOEURS.

Formons la plus aimable fête,
Venez, jeune Beauté, prendre part à nos jeux,
C'est un Amant qui les apprête;
Pour prix de tant de soins, rendez son sort heureux.

CHOEUR.

Charmants Hautbois, répondez-nous,
Joignez vos sons brillants à nos chants les plus doux.

Nous traçons de la guerre une innocente image;
Nos combats, sur les flots, sont d'agreables jeux;
Pour en voir l'appareil pompeux,
Mille Peuples divers inondent le rivage.

Charmants Hautbois, &c.

Divertissement.

UN MATELOT.

La Mer est sujette à l'orage;
L'Amour l'est encor davantage,
Mais il sçait charmer nos desirs:
Lors qu'un Amant sur le rivage
Se voit poussé par ses soupirs,
Il se fait de nouveaux plaisirs
De tous les perils du voyage.

DORANTE, à CEPHISE.

Venez, ne craignez point de quitter le rivage,
Venez, sur nos Vaisseaux recevoir nôtre hommage.

DORANTE *fait entrer* CEPHISE & DORIS
dans le Vaisseau ; & quand ASTOLPHE
y veut entrer, on l'en empêche.

ASTOLPHE.

Arrétez, qu'est-ce que je voy?

DORANTE.

Reconnoy ton Rival en moy:
Je n'ay que trop long-tems souffert de ton caprice :
Mon amour a touché son cœur ;
Loin de tes yeux, nôtre bonheur
Va faire ton supplice.

Ils partent.

✳✳✳✳✳ ✳✳✳✳✳✳✳✳✳✳✳✳✳✳✳✳✳✳✳✳✳✳✳✳✳ ✳✳✳✳✳✳✳✳✳

SCENE SIXIE'ME.

ASTOLPHE.

ILs osent me trahir ! ô Rage ! ô Desespoir !
Ah ! pour les arrêter, seray-je sans pouvoir ?

Aquilon, souleve les ondes,
Que ton couroux leur soit fatal,
Que dans ses cavernes profondes
La Mer fasse perir l'Ingrate & mon Rival....

Inutiles souhaits ! la douleur me surmonte,
Cachons à tous les yeux ma fureur & ma honte.

FIN.

LA PASTORALE.

PERSONNAGES CHANTANTS;

PALEMON, *Berger aimé*
  de SILVIE,   Monsieur Tribou.
ARCAS, *Prince d'Arcadie , amoureux*
  de SILVIE,   Monsieur Dun.
SILVIE , *Bergere , amante*
  de PALEMON,   Mademoiselle Hermanse.
UNE BERGERE, Mademoiselle Dutilly.
Troupe de Bergers & de Bergeres.

PERSONNAGES DANSANTS;

BERGERS ET BERGERES;

Messieurs Matignon , Bontemps.
Mesdemoiselles Duroché , Thybert.

PASTRES ET PASTOURELLES;

Monsieur Malter-C. , Mademoiselle Mariette;

Messieurs Dumay , Javilliers.
Mesdemoiselles Lamartiniere , Boisselet.

DEUX PAYSANS;

Messieurs F-Dumoulin , P-Dumoulin.

La Scene est dans l'Arcadie.

LA PASTORALE.

Le Theâtre repréſente dans le fond un Hameau,
& ſur le devant un Boccage, avec un Autel
au milieu.

SCENE PREMIERE.

PALEMON.

Bois écartez, ſombres Retraites,
Je vous ay mille fois confié mes ſoupirs :
Mon amour a touché l'Objet de mes deſirs,
Et je me plains encor de mes peines ſecrettes.

Ah ! quel eſt le ſort d'un Amant !
Quand il n'eſt point aimé, qu'il éprouve d'allarmes !
Et quand d'un ſort plus doux il peut goûter les charmes,
La crainte de les perdre eſt un nouveau tourment.

LA PASTORALE.

Il n'eſt point d'amoureuſes chaînes
Qui ne coûtent mille douleurs :
Le Printemps n'eſt jamais ſans fleurs,
Et l'Amour n'eſt jamais ſans peines.

J'aime Silvie : Arcas vient ſouvent dans ces lieux,
Il eſt maître de cet Empire :
Quel ſeroit mon malheur, ô Dieux !
S'il aimoit la Beauté pour qui mon cœur ſoupire !
Mais, que vois-je ? c'eſt luy qui paroît à mes yeux !

SCENE DEUXIE'ME.

PALEMON, ARCAS.

PALEMON.

Nos Bergers vont offrir une Feſte nouvelle
Aux Dieux, de qui les ſoins conſervent nos troupeaux :
Je vais les raſſembler dans les prochains hameaux,
Vôtre auguſte preſence animera leur zele.

ARCAS.

Arreſte, Palemon, je veux t'ouvrir mon cœur ;
J'ay mille fois brûlé d'une inconſtante ardeur,
Mais je ſens naître dans mon ame
Le charme imperieux d'une éternelle flamme.

C'eſt icy que l'Amour de ſes traits m'a bleſſé,
J'y viens avec un ſoin extrême,
Et je me plais, dans le lieu même
Où mon tourment a commencé.

PALEMON.

Quel Objet en ces lieux tient vôtre ame affervie ?

ARCAS.

J'aime l'adorable Silvie ;
Aux feftes de Palés je la vis un moment,
Je l'aimeray toute ma vie ;
Ce moment de plaifir fut payé cherement !
La nuit trop prompte & trop cruelle
Me força de quitter Silvie & ce Hameau,
Chaque pas, que je fis en me feparant d'elle,
Sembloit me conduire au tombeau.

PALEMON, à part.

Ciel !

ARCAS.

Ton fecours m'eft neceffaire ;
Dy-moy, fi par l'Amour fon cœur n'eft point charmé ;
Puis-je efperer d'en être aimé ?
Et n'eft-ce point trop tard que je cherche à luy plaire ?

PALEMON.

Quel Objet pourroit refifter
A l'éclat qui vous environne ?
Quand on poffede une couronne,
On fe fait fans peine écouter.

ARCAS.

Juge mieux d'une ardeur fi belle,
Que ne fuis-je Berger ? que ne puis-je auprès d'elle
Par des foins feulement combattre fa rigueur ?
Mais elle vient ; je fens augmenter ma langueur.

✸✚✸

SCENE TROISIE'ME.

ARCAS, PALEMON, SILVIE,

Troupe de BERGERS, & de BERGERES, qui viennent celebrer des jeux en l'honneur de leurs Dieux champêtres. SILVIE préside à cette Feste.

CHOEUR.

Dieux, qui protegez nos Hameaux,
Recevez aujourd'huy les vœux qu'on vous adresse;
Pour tout bien, pour toute richesse,
Conservez toûjours nos troupeaux.

Les Bergers & les Bergeres, par des Danses & des Chants, forment le Divertissement.

SILVIE.

Dans ce charmant azile
Nous joüissons d'un sort tranquille;
Rien ne s'oppose à nos desirs:
Nous nous livrons à la tendresse,
Nos troupeaux sont nôtre richesse,
Et l'Amour seul fait nos plaisirs.

Le Divertissement continuë.

CHOEUR.

Dieux, qui protegez nos Hameaux,
Recevez aujourd'huy les vœux qu'on vous adresse ;
Pour tout bien, pour toute richesse,
Conservez toûjours nos troupeaux.

PALEMON.

Charmante Mere des Amours,
C'est vous qui faites nos beaux jours,
Rendez nos flâmes éternelles :
Nous renonçons à la grandeur,
Il suffit pour nôtre bonheur,
Que nos Bergeres soient fidelles.

UNE BERGERE.

Rend toûjours nos Bergers constants,
Amour, nos vœux seront contents,
Nous n'aurons plus rien à pretendre ;
L'empire qui peut nous charmer
Est de regner sur un cœur tendre,
Qui sçait constamment nous aimer.

SILVIE ET LE CHOEUR DES BERGERES.

Que toûjours
De ses pleurs l'Aurore
Nous fasse éclore,
Les tresors de Flore ;

Que toûjours
Ces heureux Boccages,
Par leurs ombrages,
Servent les Amours.

SILVIE.

Loin des allarmes,
Du bruit des armes;
Les ris, les jeux
Préviennent nos vœux.

SILVIE ET LE CHOEUR.

Que toûjours
De ses pleurs l'Aurore
Nous fasse éclore
Les trefors de Flore;

Que toûjours
Ces heureux Boccages,
Par leurs ombrages,
Servent les Amours.

SILVIE.

La paix tranquile
De cet azile
Vaut mieux cent fois
Que le fort de Rois.

SILVIE.

SILVIE ET LE CHOEUR.

Que toûjours
De ses pleurs l'Aurore
Nous fasse éclore
Les tresors de Flore;

Que toûjours
Ces heureux Boccages,
Par leurs ombrages,
Servent les Amours.

La feste finie, tous les B E R G E R S se retirent:
A R C A S arrête S I L V I E.

SCENE QUATRIE'ME.

ARCAS, SILVIE.

ARCAS.

ME fuyez-vous, Silvie? arrêtez en ces lieux,
C'est trop-tôt leur ravir l'éclat de vos beaux yeux.

SILVIE.

Je venois en ces bois voir la feste nouvelle,
Nos Bergers ont finy leurs chants.

ARCAS.

La feste en ces bois vous appelle?
Ah! que vos soins sont differents!
Non, je ne sçaurois plus me contraindre au silence,
Je vous aime, Silvie, & vos divins attraits
Ont sçû vaincre ma resistance,
Et m'arracher l'aveu que je vous fais.

Oubliez mon pouvoir suprême,
Et n'écoûtez que mon ardeur:
C'est un plaisir charmant de devoir ce qu'on aime
Aux soins de son amour, plûtôt qu'à sa grandeur.

SILVIE.

Je sçais trop la distance
Que le sort a mise entre nous.

ARCAS.

L'Amour qui me soûmet à vous
Peut égaler les cœurs qu'il tient sous sa puissance.
Quelque Amant plus heureux, détruit mon esperance.

SILVIE.

Parmy les grandeurs de la Cour
A taire ses secrets, chacun sçait se contraindre;
Mais, dans ce tranquile séjour,
Nous n'apprenons point l'art de feindre.

Le plus tendre Berger des hameaux d'alentour
A prévenu mon cœur du plus fidele amour:
Les mêmes lieux nous virent naître,
Entre nous l'amitié forma les premiers nœuds;
Mais enfin, de nos cœurs l'Amour se rendit maître,
Nous ressentîmes ses feux
Avant que de les connaître.

ARCAS.

La gloire en ce moment
Doit de vos premiers feux effacer la memoire.

SILVIE.

Je ne connois point d'autre gloire
Que celle d'aimer constamment,

Non, je ne puis briser une chaîne si belle ;
Toûjours à mon Berger mon cœur sera fidelle :
Sa main sur ces ormeaux a tracé nos amours,
Tout y marque nôtre tendresse ;
Ces traits s'augmentent tous les jours,
Et nos feux s'augmentent sans cesse.

ARCAS.

Je ne puis resister à mes transports jaloux,
Craignez pour cet Amant, redoutez ma vengeance.

SILVIE.

O Ciel ! quel funeste couroux !

PALEMON paroît au fond du Théâtre.

ARCAS.

Je sçauray découvrir le Rival qui m'offense.

SCENE CINQUIE'ME.

ARCAS, SILVIE, PALEMON.

PALEMON.

VOus voyez, devant vous ce Rival odieux,
  J'ay toûjours adoré Silvie,
  Et ce n'est qu'en m'ôtant la vie,
Que l'on peut m'arracher un bien si précieux.

  La mort la plus cruelle
  N'allarme point un tendre cœur;
  Le plaisir de mourir fidelle
  En dissipe toute l'horreur.

SILVIE, à ARCAS.

Pourriez-vous exiger ce cruel sacrifice ?
  S'il meurt, il faut que je perisse.

  Mon amour ne sçauroit finir,
  Quoy qu'ordonne le sort barbare:
  Si votre rigueur nous separe,
  La mort sçaura nous réunir.

A R C A S , à part.

Fût-il jamais une ardeur si fidelle !
Ah ! quelle rigueur cruelle
De briser de si beaux nœuds....
Faisons un effort genereux.

à S I L V I E.

Je vous aime, Silvie, & je suis trop sensible,
Vos regards, pour mon cœur seroient trop dangereux,
Je vais loin de vos yeux, je vais, s'il est possible,
Eteindre un amour malheureux.

Il sort.

PALEMON ET SILVIE.

Joüissons des douceurs d'une tendresse extrême,
La richesse n'est rien pour un cœur enflâmé :
Aimer constamment, être aimé,
Est un bien plus charmant que la grandeur suprême.

FIN DE LA PASTORALE.

LES SERENADES

ET

LES JOUEURS.

PERSONNAGES CHANTANTS;

LEANDRE, *jeune François, Amant d'Irene,*   Monfieur Chaffé.

ISABELLE, ⎰ *Venitiennes,* ⎱ Mlle Antier.
LUCILE, ⎱ *Amantes de Leandre,* ⎰ Mlle Eermans.

IRENE, *Venitienne , aimée de Leandre,*   Mademoifelle Petitpas.

UNE JOUEUSE, *qui chante une nouvelle Cantate ,*   Mlle. Antier.

PERSONNAGES DANSANTS;

ESPAGNOLS, ESPAGNOLETTES;

MESSIEURS	MESDEMOISELLES
Tabary , Savar,	Duval , Petit.

VENITIENS , VENITIENNES;

MESSIEURS	MESDEMOISELLES
P-Dumoulin, Dangeville.	Thybert , Duroché.

PELLERINS , PELLERINNES;

Monfieur Laval ,   Mademoifelle Sallé.

Monfieur Malter-C.

MESSIEURS	MESDEMOISELLES
Javilliers, Dumay.	Lamartiniere , Boiffelet.

La Scene eft à l'entrée des Reduits de Venife.

LES SERENADES
ET LES JOUEURS.

Le Theâtre represente dans le fond *le Ridotte*,
lieu où les Joüeurs s'assemblent la nuit à Venise;
& sur les côtez, des Palais ornez de Balcons.
La Scene se passe sur la fin du jour.

SCENE PREMIERE.

ISABELLE.

Es voiles de la nuit vont obscurcir les cieux;
Mais l'Amour jaloux a des yeux,
Qui peuvent penetrer le plus sombre mistere:
Je veux observer dans ces lieux
L'ingrat Amant qui m'a sçu plaire.

Amour, sans les soupçons qui viennent me saisir,
Que je me plairois dans ta chaîne!
Ta flame est un plaisir,
Pourquoy la jalousie en fait-elle une peine?

Elle se retire au fond du Théatre.

4. A ij

SCENE DEUXIE'ME.

LUCILE.

AH ! que puis-je esperer du dessein qui m'ameine ?
    Je me plains d'un volage Amant,
Je cherche à découvrir son fatal changement,
      Amour, rend ma recherche vaine.

Pour un autre que moy , si son penchant l'entraîne,
      Laisse-moy le soulagement
      D'en être toûjours incertaine :
Je m'expose moy-même au plus cruel tourment :
      Amour, rend ma recherche vaine.

SCENE TROISIE'ME.

ISABELLE, LUCILE.

LUCILE, à part.

C'Eſt Iſabelle que je voy!
Elle eſt le ſujet de ma crainte.

ISABELLE, à part.

Je voy Lucile! ô Ciel! elle cauſe l'effroy
Dont je me ſens atteinte.

à LUCILE.

L'amour conduit icy vos pas,
Quelque Amant cheri doit s'y rendre:
Mais, avec de ſi doux appas,
Eſt-ce vous qui devez attendre?

LUCILE.

Vous avez icy devancé
Le cher Objet qui vous engage:
D'un cœur plus vif, plus empreſſé
Vos attraits meritoient l'hommage.

ISABELLE.

Pourquoy voulez-vous déguiſer?

LUCILE.

Pourquoy faites-vous un miſtere?

ENSEMBLE.

Expliquez-vous, l'Amour m'éclaire,
Ne prétendez pas m'abuſer.

ISABELLE.

Vous plaifez aux yeux de Léandre ;

LUCILE.

Léandre foûpire pour vous.

ENSEMBLE.

Conduite par mes foins jaloux,
Avec luy j'ay crû vous furprendre.

LUCILE.

Cent fois il m'a juré de n'adorer que moy.

ISABELLE.

Par les mêmes ferments, il a furpris ma foy.

LUCILE.

J'ay fçû que dans la nuit, cet Amant trop volage,
A de nouveaux appas, rend un nouvel hommage.

ISABELLE.

Son deffein m'eft connu : je cherche à penetrer
Pour qui font les concerts qu'il a fait préparer.

LUCILE.

J'ay craint vôtre beauté,

ISABELLE.

Je redoutois la vôtre.

ENSEMBLE.

L'Ingrat nous trompe l'une & l'autre !

ISABELLE.

Unissons-nous en ce moment,
Nous éprouvons même infortune.

LUCILE.

Par une vengeance commune
Punissons un volage Amant.

ISABELLE.

Vengez-vous par l'indifference
D'un cœur que vos liens ne peuvent retenir.
C'est trop honorer l'inconstance
Que de chercher à la punir.

LUCILE.

Ne cherchez point d'autre vengeance
Que celle de vous dégager :
On aime plus que l'on ne pense,
Quand on prend soin de se venger.

La nuit se répand sur le Théatre.

La nuit déploye icy ses voiles ténebreux....
Je vois l'Infidele paroître.

ISABELLE.

Unissons-nous du moins par le soin de connoître
A qui sont destinez ces concerts amoureux.

LUCILE & ISABELLE se retirent sous un Balcon

qui paroît sur un des côtez du Théatre.

SCENE IV.

✳✳✳✳✳✳✳✳ ✳✳✳✳✳✳✳✳✳✳✳✳✳✳✳✳✳✳✳✳✳✳✳✳✳✳✳ ✳✳✳✳

SCENE QUATRIE'ME.

LE'ANDRE,

Troupe de Joüeurs d'instruments.

LE'ANDRE.

S Uivez-moy, venez tous, & secondez mon zele.

Deux Valets apportent une Table, des Bougies, &
tout ce qui est necessaire pour la Sérenade:
Les Musiciens se placent autour de la Table.

LE'ANDRE.

Irene, digne objet d'une flâme éternelle,
Le sommeil dans ses bras vous charme, vous retient,
Helas ! le bonheur qu'il obtient,
Devroit être le prix d'un cœur tendre & fidelle !

Ecoutez, par ma voix, l'Amour qui vous appelle,
Le sommeil en peut-il égaler les douceurs ?
Eprouvez les plaisirs qu'une ardeur mutuelle
Fait ressentir aux tendres cœurs.

Irene, paroissez : malgré les voiles sombres
Dont la nuit a couvert ces lieux :
Paroissez : l'éclat de vos yeux,
De cette obscurité dissipera les ombres,
Mieux que l'astre brillant des cieux.

4. B

Raſſûrez vôtre cœur timide,
Dérobez-vous aux yeux jaloux :
Le Dieu qui me ſoûmet à vous,
Eſt preſt à vous ſervir de guide.

J'oſois mépriſer les Amours,
Vous me forcez à les connaître :
Les feux que vos yeux ont fait naître
Ne s'éteindront qu'avec mes jours.

Raſſûrez vôtre cœur timide,
Dérobez-vous aux yeux jaloux :
Le Dieu qui me ſoûmet à vous,
Eſt preſt à vous ſervir de guide.

Le balcon paroiſt éclairé, les Muſiciens ſe retirent.
Les mêmes Valets emportent la Table.

LEANDRE.

Allez, vôtre ſecours ne m'eſt plus neceſſaire,
Mon cœur ſe ſent flaté de l'eſpoir le plus doux :
Je vois l'Objet qui m'a ſçû plaire,
Mes yeux, ſoyez contents, Irene s'offre à vous.

SCENE CINQUIEME.
IRENE.

LA farfalla in torno a i fiori
Va volando , non pofa mai;
Cofi pure à mille amori
Tuoi fofpiri portando vai.

Sol mi piace un eterno ardore,
Ma fe ben conofco il tuo core
Di tal fiamma non arderai.

La farfalla , &c.　　　　　*Da capo.*

TRADUCTION.

Plus leger & plus infidele
Qu'un Papillon qui vole autour des tendres fleurs,
Amant , de belle en belle
Tu contes des douceurs ,

Je veux une ardeur éternelle ,
Et je connois trop tes ardeurs.

Plus leger & plus infidele
Qu'un papillon qui vole autour des tendres fleurs,
Amant , de belle en belle
Tu contes des douceurs.

IRENE fe retire.

SCENE SIXIE'ME.

LE'ANDRE.

A Imable Objet , daignez m'entendre ,
D'un moment d'entretien laiſſez-moy la douceur.
Quelque ennemi jaloux a-t-il pû vous ſurprendre?
    Aimable Objet, daignez m'entendre.

LUCILE s'aproche,& LE'ANDRE la prend pour IRENE.

C'eſt vous que je revoy ! jugez mieux de mon cœur,
A croire ſes ſoupçons , le vôtre trop facile
    A-t'il pû douter de ma foy ?
    Qui craignez-vous ? eſt-ce Lucile ?
Je vous ay vûë, Irene, & je ſuivrois ſa loy !
Je ne l'aimay jamais : j'en jure par vous-même ,
Eh! quel autre ſerment eſt plus ſacré pour moy.
    C'eſt vous, c'eſt vous ſeule que j'aime ,
Eprouvez ma conſtance , & calmez vôtre effroy.

ISABELLE paroiſt derriere LEANDRE.

Iſabelle n'a point excité vos allarmes,
    Non, vous ne croyez pas
Que mon cœur à ſes yeux ait pû rendre les armes ,
Elle ne brille point où regnent vos appas.

Parlez à vôtre tour ; parlez, charmante Irene,
Bien-tôt l'Astre du jour viendra nous séparer
  Si vous n'adoucissez ma peine,
  C'en est fait, je vais expirer.
Quel silence obstiné ! parlez.....

LUCILE.

      Ingrat !

ISABELLE.

       Volage !

ENSEMBLE.

Après tant de serments, tu me fais cet outrage ?

LÉANDRE, à LUCILE.

Non, sçachez. . . .

LUCILE.

    Ne crois pas me tromper désormais
Mon mépris punira ton humeur trop legere.

LÉANDRE, à ISABELLE.

Apprenez....

ISABELLE.

    Non, pourfuis un bien imaginaire :
Un bonheur assûré t'échape pour jamais.

Le fond du Theâtre s'ouvre. On voit une foule de Masques qui viennent de joüer dans les Reduits. Un de ces Masques qui représente la FORTUNE, conduit la Troupe ; Ils marquent leur joye d'avoir été heureux dans leurs entreprises : Il y a des Masques qui guident les autres à la lueur des flambeaux.

Tout le Theâtre paroît éclairé à l'ordinaire.

LUCILE.

La Fortune paroît : offre-luy ton hommage,
Elle peut rendre un jour ton destin plus charmant.

ISABELLE.

Pour le Joüeur, & pour l'Amant,
Elle est également volage.

Elles sortent ensemble.

LEANDRE.

Ecoûtons leur conseil, & parmy ces plaisirs,
Cherchons quelqu'autre Objet digne de mes soupirs.

✳✳✳✳✳✳✳✳✳✳✳✳✳✳✳✳✳✳✳✳✳✳✳✳✳✳

SCENE SEPTIE'ME.

LA FORTUNE, LEANDRE.

UNE JOUEUSE, Troupe de Joüeurs.

CHOEUR.

Fortune, tu nous favorises,
Nous consacrons nos voix à chanter tes bienfaits ;
Qu'à jamais ton pouvoir flate nos entreprises,
Tous nos vœux seront satisfaits.

LEANDRE, à la FORTUNE.

Déesse, qu'icy l'on révere,
Tes richesses n'ont rien de brillant à mes yeux ;
Mon cœur a trouvé dans ces lieux,
L'unique bien qui peut me plaire.

Fay qu'un aimable Objet qui vient de me charmer,
Me céde à son tour la victoire ;
Si je pouvois m'en faire aimer,
Je chanterois toûjours ta gloire.

Les ESPAGNOLS, les ESPAGNOLETTES;
Les VENITIENS, les VENITIENNES;
Et les autres Acteurs dansants, se réünissent pour
former un Divertissement general.

LA JOUEUSE,

CANTATE NOUVELLE.

Cette
ANTATE
ajoûtée;
s Paro-
ne font
de Mr.
NCHET.

Quand la Fortune m'eſt cruelle,
Je m'en conſole avec l'Amour ;
Je regagne avec luy , par un heureux retour ,
Tout ce que je perds avec elle.
Quand la Fortune m'eſt cruelle ,
Je m'en conſole avec l'Amour.

Non , non , plus d'injuſte partage :
Suivons un dépit éclatant.
La Fortune eſt toûjours volage ;
L'Amour eſt quelquefois conſtant ;

On danſe.

A l'Amour ſeul rendons hommage ;
Il eſt temps qu'il me dédommage.

Fortune , ſes preſents l'emportent ſur les tiens ;
Envain j'ay tout perdu par un revers funeſte :
Le cœur de mon Amant me reſte ;
C'eſt le plus cher de tous mes biens.

Non , non , plus d'injuſte partage ;
Suivons un dépit éclatant.
La Fortune eſt toûjours volage ;
L'Amour eſt quelquefois conſtant :

Non , non , plus d'injuſte partage , &c.

On

On reprend ce C H OE U R , pour fin.

Fortune , tu nous favorises ,
Nous confacrons nos voix à chanter tes bienfaits;
Qu'à jamais ton pouvoir flate nos entreprises ,
Tous nos vœux feront fatisfaits.

F I N.

4. C

A P P R O B A T I O N.

J'Ay lû par ordre de Monfeigneur le Garde des Sceaux , *Les nouveaux Fragments , Ballet.* F A I T ce douziéme Juillet mil fept cent vingt-neuf. Signé G A L L Y O T.

PRIVILEGE DU ROY.

LOUIS par la grace de Dieu, Roy de France & de Navarre : A nos amez & feaux Conseillers, les Gens tenant nos Cours de Parlement, Maîtres des Requêtes ordinaires de nôtre Hôtel, Grand Conseil, Prevôt de Paris, Baillifs, Sénéchaux, leurs Lieutenans-Civils, & autres nos Justiciers qu'il appartiendra, Salut. Les Sieurs Besnier, Avocat en Parlement, Chomat, Duchesne, & de la Val de S. Pont, Bourgeois de nôtre bonne Ville de Paris ; Nous ont fait remontrer, qu'en consequence de l'Arrest de nôtre Conseil du 12. Decembre 1711. du Traité fait entr'eux & les Sieurs de Francine & Dumont, le 24. desdits Mois & An, & de nos Lettres Patentes du 8. Janvier ensuivant, confirmatives dudit Traité ; Ils auroient acquis le Privilege, de faire representer les Opera durant le temps de vingt années, à compter du 20. Aoust 1712. ainsi que le Privilege de la vente des Paroles desdits Opera, lesquelles ils desireroient faire imprimer pour les donner au Public, s'il Nous plaisoit leur accorder nos Lettres de Privilege sur ce necessaires : A CES CAUSES; desirant favorablement traiter les Exposants, attendu les charges dont l'Academie Royale de Musique se trouve oberée, & les grandes dépenses qu'il convient de faire, tant pour l'Impression que pour la Gravüre en Taille-douce des Planches dont ce Livre sera orné ; Nous leur avons permis & permettons par ces Presentes, de faire imprimer & graver les Paroles & la Musique de tous lesdits Opera, qui ont été ou qui seront representez par l'Academie Royale de Musique, tant separément que conjointement, en telle forme, marge, caractere, nombre de Volumes & de fois que bon leur semblera, & de les vendre & debiter par tout nôtre Royaume pendant le temps de dix-neuf années consecutives, à compter du jour de la datte desdites Presentes. Faisons défenses à toutes personnes, de quelque qualité & condition qu'elles puissent être, d'en introduire d'impression étrangere, dans aucun lieu de nôtre obéïssance : Et à tous Imprimeurs, Libraires, Graveurs, & autres, d'imprimer, faire imprimer, vendre, faire vendre, débiter ny contrefaire lesdites Impressions, Planches & Figures, en tout ny en partie, sans la permission expresse & par écrit desdits Sieurs Exposans, ou de ceux qui auront droit d'eux, à peine de confiscation des Exemplaires contrefaits, de six mille livres d'amende contre chacun des Contrevenants, dont un tiers à Nous, un tiers à l'Hôtel-Dieu de Paris, l'autre tiers ausdits Sieurs Exposans, & de tous dépens, dommages & interests, à la charge que ces Presentes seront enregistrées tout au long sur le Registre de la Communauté des Imprimeurs & Libraires de Paris, & ce dans trois Mois de la datte d'icelles ; que la gravüre & impression desdits Opera sera faite dans nôtre Royaume & non ailleurs, en bon papier & en beaux caracteres, conformément aux Reglemens de la Librairie, & qu'avant de les exposer en vente, il en sera mis deux Exemplaires dans nôtre Bibliotheque publique, un dans celle de nôtre Château du Louvre, un autre dans celle de nôtre tres-cher & feal Chevalier Chancelier de France, le Sieur Phelypeaux, Comte de Pontchartrain, Commandeur de nos Ordres ; Le tout à peine de nullité des Presentes ; Du contenu desquelles vous mandons & enjoignons de faire joüir lesdits Sieurs Exposans, ou leurs Ayants-cause, pleinement & paisiblement, sans souffrir qu'il leur soit fait aucun trouble ou empeschement. Voulons que la Copie desdites Presentes, qui sera imprimée au commencement ou à la fin desdits Opera, soit tenuë pour dûement signifiée ; & qu'aux Copies collationnées par l'un de nos amez & feaux Conseillers & Secretaires, foy soit ajoûtée comme à l'Original. Commandons au premier nôtre Huissier ou Sergent, de faire pour l'execution d'icelles tous Actes requis & necessaires, sans demander autre permission, & nonobstant Clameur de Haro, Charte Normande & Lettres à ce contraires, CAR tel est nôtre plaisir. DONNE' à Versailles le vingtiéme jour d'Aoust l'An de Grace mil sept cent treize, & de nôtre Regne le soixante-onziéme, Par le Roy en son Conseil. Signé BESNIER, avec paraphe, & scellé.

Registré sur le Registre N° III. de la Communauté des Libraires & Imprimeurs de Paris, Page 648 N°. 741. conformément aux Reglemens, & notamment à l'Arrest du 30. Aoust 1703. Fait à Paris ce 12. Septembre 1713. Signé, L. JOSSE, Syndic.

Par Traité passé, DE L'ORDRE DU ROY, paradevant Notaires, le 22. Novembre 1727. entre l'Academie Royale de Musique, & le Sr. BALLARD, Seul Imprimeur du Roy, &c. Il est Cessionnaire de ladite Academie, pour ce qui regarde les Livres mentionnez au Privilege cy-dessus.